GUY DE MAUPASSANT naît en 1850 et passe les premières années de sa vie à Étretat, petite ville de bord de mer en Normandie.

En 1867, alors qu'il est étudiant au lycée de Rouen, il rencontre Gustave Flaubert et les deux hommes deviennent amis.

En 1869, il commence des études de droit que la guerre franco-prussienne de 1870 interrompt. Après la guerre, il devient fonctionnaire dans différents ministères et commence à écrire des nouvelles.

Flaubert l'initie à la littérature réaliste et à l'école naturaliste, et lui fait connaître Alphonse Daudet, Émile Zola...

Sa nouvelle *Boule-de-suif* le rend célèbre et il abandonne son travail de fonctionnaire pour vivre de la littérature.

Entre 1880 et 1890, il écrit six romans et près de trois cents contes et nouvelles. Les plus connus sont *Boule-de-suif* (1880), *Une vie* (1883), *Bel-Ami* (1885), *Pierre et Jean* (1888)...

Il voyage énormément et a beaucoup de maîtresses. Les premiers signes de la syphilis commencent à se manifester : il a des crises d'angoisse, des hallucinations... Interné dans une clinique durant dix-huit mois, il meurt à Paris en 1893.

* * *

Guy de Maupassant appartient au groupe des romanciers réalistes et naturalistes qui écrivent des œuvres fondées sur une observation exacte de la réalité.

Une vie est un roman de mœurs, c'est-à-dire un roman qui étudie les habitudes de vie d'une société : l'aristocratie normande. Guy de Maupassant est né en Normandie dans une famille de la petite noblesse ; il connaît donc bien la classe sociale à laquelle appartient son héroïne ainsi que l'endroit où il situe son roman : Étretat et ses environs.

Les mots ou expressions suivis d'un astérisque* dans le texte sont expliqués dans le Vocabulaire, page 57.

E30.45
1918/04
f.

LIBRARY
Tel: 01244 375444   Ext: 3301

This book is to be returned on or before the
last date stamped below. Overdue charges
will be incurred by the late return of books.

UNIVERSITY COLLEGE
CHESTER

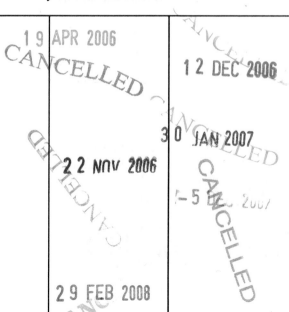

*L*A PLUIE ne cesse pas de tomber. Jeanne, sortie la veille du couvent[1], doit partir ce jour-là avec ses parents pour passer l'été en Normandie, dans leur château, un vieux château de famille où elle a passé une partie de son enfance. Elle est heureuse à l'idée de cette vie libre au bord de la mer. Et puis ce château sera un jour à elle, et elle l'habitera lorsqu'elle sera mariée.

Une voix derrière la porte appelle : « Jeannette ! »

Jeanne répond : « Entre, papa. » Et son père entre.

Son père, le baron[2] Simon-Jacques Le Perthuis des Vauds, est un gentilhomme qui aime la nature et les bêtes.

Jeanne court vers son père et l'embrasse.

– Eh bien, partons-nous ? demande-t-elle.

Il sourit, secoue ses cheveux blancs qu'il porte

---

1. Couvent : maison dans laquelle des religieuses vivent ensemble. Au XIXᵉ siècle, les jeunes filles de bonne famille étaient élevées dans un couvent.
2. Baron/baronne : titre de noblesse.

Jeanne, fille unique
du baron et de la baronne Le Perthuis des Vauds.

assez longs, et, tendant la main vers la fenêtre, il lui répond :

– Comment veux-tu voyager avec un temps pareil ?

– Oh ! papa, partons, je t'en supplie. Il fera beau dans l'après-midi.

– Si tu arrives à décider ta mère, je veux bien.

Jeanne court vers la chambre de la baronne et en ressort au bout de trois minutes en criant :

– Papa, papa ! Maman veut bien ; prépare les chevaux !

Jeanne est prête à monter dans la calèche[1] lorsque la baronne descend l'escalier, soutenue d'un côté par son mari et, de l'autre, par Rosalie, la bonne[2], une Normande grande et forte que la famille considère un peu comme une seconde fille, car elle a été la sœur de lait* de Jeanne.

La baronne, une femme énorme, a une maladie de cœur, et elle se déplace avec difficulté. En arrivant au bas des escaliers, elle regarde la cour où l'eau ruisselle[3] et murmure :

– Ce n'est vraiment pas raisonnable.

Son mari répond en souriant :

– C'est vous qui l'avez voulu, madame Adélaïde.

---

1. Calèche : ancienne voiture à cheval.
2. Bonne : employée qui s'occupe principalement de faire le ménage.
3. Ruisseler : couler.

La baronne monte péniblement[1] dans la voiture et le baron s'assoit à son côté. Jeanne et Rosalie montent à leur tour. Ludivine, la cuisinière, s'installe sur le siège à côté du cocher[2], le père Simon. Et la calèche part.

Petite mère ferme les paupières et s'endort aussitôt. Le baron regarde d'un œil morne[3] la campagne monotone et trempée[4]. Mais Jeanne se sent revivre ; elle a envie de chanter, de tendre sa main au-dehors pour l'emplir d'eau...

– Est-ce que mon château est beau maintenant ? demande Jeanne à son père.

– Tu verras, fillette.

Peu à peu, la pluie arrête de tomber et un long rayon de soleil descend sur les prés. Le ciel devient bleu. Il fait doux. Le soir vient et tout le monde s'endort dans la voiture.

La voiture arrive enfin devant le château des Peuples. Le baron et Rosalie portent la baronne, qui ne veut rien boire, rien manger, dans sa chambre.

Jeanne et le baron soupent en tête à tête[5]. Ils sourient en se regardant, se prennent les mains à travers la table ; et, pris d'une joie enfantine,

---

1. Péniblement : avec difficulté.
2. Cocher : conducteur d'une voiture à cheval.
3. Morne : plein de tristesse.
4. Trempé : recouvert d'eau.
5. En tête à tête : entre deux personnes seulement.

ils visitent le château.

C'est une grande maison normande, qui ressemble à la fois à une ferme et à un château. Au rez-de-chaussée, à droite, on entre dans l'immense salon. Jeanne tremble de plaisir en retrouvant une chaise qu'elle aimait beaucoup lorsqu'elle était enfant.

À côté du salon se trouve la bibliothèque, pleine de livres anciens ; à gauche, la salle à manger et la cuisine.

Le premier étage est occupé par dix chambres. Tout au fond, à droite, se trouve celle de Jeanne. En apercevant son lit, elle pousse des cris de joie.

Onze heures sonnent. Le baron embrasse sa fille et se retire chez lui.

Restée seule, Jeanne s'approche de la fenêtre et regarde le parc. Elle respire l'air frais de la nuit avec plaisir. Le repos de la campagne la calme, comme un bain frais. Elle se met à rêver, et à rêver d'amour.

L'amour ! Maintenant qu'elle est sortie du couvent, elle est libre d'aimer ; elle n'a plus qu'à le rencontrer, *lui* ! Comment sera-t-il ? Elle ne le sait pas exactement. Il sera *lui*, voilà tout. Elle sait seulement qu'elle l'aimera de tout son cœur. Ils se promèneront le soir, la main dans la main, serrés l'un contre l'autre. Elle sait qu'ils vivront ici, dans ce château qui domine la mer. Elle aura sans doute deux enfants, un fils pour lui, une fille pour elle. Elle les imagine, courant dans l'herbe, tandis que le père et la mère les surveillent, en échangeant par-dessus leurs têtes des regards pleins de passion.

Jeanne reste longtemps ainsi, à rêvasser[1]. Elle se sent heureuse. Sans refermer la fenêtre, elle va s'étendre sur son lit et s'endort si profondément qu'à huit heures elle n'entend pas les appels de son père et elle ne se réveille que lorsqu'il entre dans sa chambre.

---

1. Rêvasser : prendre plaisir à rêver.

*U*NE VIE CHARMANTE et libre commence pour Jeanne. Elle lit, rêve et se promène toute seule dans la campagne normande.

Le baron, de son côté, rêve de moderniser[1] sa propriété et il passe une partie de ses journées à parler avec les paysans.

Souvent aussi il va en mer avec les matelots[2] d'Yport. Et à chaque repas, il raconte avec enthousiasme ses promenades.

Comme le médecin lui a recommandé de « faire de l'exercice », petite mère veut absolument marcher et se promène, appuyée sur le bras de Rosalie, dans les allées du parc.

Les jours de pluie, petite mère reste enfermée dans sa chambre et elle aime regarder ce qu'elle appelle ses « reliques[3] ». Ce sont toutes ses anciennes lettres : les lettres de son père et de sa mère, les lettres du baron quand elle était sa fiancée*, et d'autres encore. Elles sont enfermées

---

1. Moderniser : rendre moderne.
2. Matelot : homme qui travaille sur un bateau.
3. Relique : objet qui a un caractère sacré et auquel on donne une grande importance.

dans un tiroir et, lorsqu'elle veut les lire, elle dit :
« Rosalie, ma fille, apporte-moi le tiroir aux *sou-venirs*. » Alors elle se met à lire ces lettres une à une et, de temps en temps, laisse tomber dessus une larme.

Jeanne remplace parfois Rosalie et promène petite mère qui lui raconte des souvenirs d'enfance.

Un après-midi, alors qu'elles se promènent dans l'allée, elles voient un gros prêtre qui vient vers elles. C'est l'abbé Picot, le curé du village.

Il les salue, prend un air souriant et s'écrie :

– Eh bien, madame la baronne, comment allons-nous ?

C'est un vrai curé de campagne, gai, tolérant, bavard. Il raconte des histoires, parle des gens du village... La baronne et sa fille ne sont pas encore allées à l'église mais le curé ne leur reproche rien.

– J'ai un nouveau paroissien[1], M. le vicomte[2] de Lamare ! C'est le fils du vicomte Jean de Lamare, qui est mort l'an dernier. Je vous le présenterai. C'est un charmant garçon.

– Amenez-le chez nous, monsieur l'abbé, cela pourra le distraire de temps en temps.

---

1. Paroissien : personne qui va à l'église de l'endroit où elle habite.
2. Vicomte : titre de noblesse plus important que celui de baron.

*L*E DIMANCHE SUIVANT, la baronne et Jeanne vont à l'église. Après la messe, elles attendent le curé pour l'inviter à déjeuner le jeudi. Il sort de l'église avec un grand jeune homme élégant qui lui donne le bras. Dès qu'il aperçoit les deux femmes, il fait un geste de joyeuse surprise et s'écrie :

– Permettez-moi, madame la baronne et mademoiselle Jeanne, de vous présenter votre voisin, M. le vicomte de Lamare.

Deux jours plus tard, M. de Lamare fait sa première visite. Il parle du pays, qu'il trouve très pittoresque[1], et de la noblesse des environs, qui n'est pas très nombreuse. De temps en temps, comme par hasard, ses yeux rencontrent ceux de Jeanne.

Lorsqu'il prend congé[2], son dernier regard, plus amical, plus doux, est pour Jeanne.

– C'est un garçon charmant, dit la baronne, après son départ.

---

1. Pittoresque : charmant et original.
2. Prendre congé : partir, dire au revoir.

À partir de ce jour, le vicomte vient régulièrement au château.

Il arrive le plus souvent vers quatre heures de l'après-midi, rejoint petite mère dans l'allée du parc et lui offre son bras pour faire « son exercice ». Lorsque Jeanne est au château, elle soutient la baronne de l'autre côté et tous trois marchent lentement d'un bout à l'autre de l'allée. Il ne parle pas beaucoup à la jeune fille mais ses yeux rencontrent souvent ceux de Jeanne.

Plusieurs fois Jeanne et M. de Lamare vont à Yport avec le baron.

Un soir, le père[1] Lastique, un matelot, leur propose de faire une promenade en barque jusqu'à Étretat.

– Oh ! papa, tu veux bien ? demande Jeanne.

Le baron se tourne vers M. de Lamare :

– Vous venez avec nous, vicomte ? Nous irons déjeuner là-bas.

Et la promenade est tout de suite décidée.

Jeanne, un peu étourdie[2] par le bercement des vagues, regarde au loin ; et il lui semble que trois choses seulement sont belles dans le monde : la lumière, l'espace et l'eau.

Personne ne parle. Le baron, assis à l'avant,

---

1. Père : dans le monde rural, on dit souvent « le père » pour parler d'un homme du village.
2. Étourdi : qui n'a plus toute sa connaissance ; pris d'un léger vertige.

regarde la mer. Jeanne et le vicomte sont assis côte à côte[1], un peu troublés[2] tous les deux. Ils se sentent heureux l'un près de l'autre, peut-être parce qu'ils pensent l'un à l'autre.

En arrivant à Étretat, le vicomte prend Jeanne dans ses bras pour la déposer par terre ; puis ils marchent côte à côte, émus de ce rapide enlacement[3], et ils entendent le père Lastique dire au baron :

– Ils feraient un joli couple à mon avis.

Ils déjeunent dans une petite auberge[4], près de la plage. Le déjeuner est charmant.

– Allons nous promener ! propose Jeanne après le café.

Le vicomte se lève, mais le baron préfère rester.

– Allez-vous-en, mes enfants, vous me retrouverez ici dans une heure.

Jeanne et le vicomte se promènent longuement.

– Tiens, là-bas, nous pourrons nous asseoir un peu, dit Jeanne. Comme on est bien ! Et que la campagne est belle !

Ils parlent d'eux, de leurs habitudes, de leurs goûts. Le ton devient plus bas, plus intime, et ils se font des confidences...

---

1. Côte à côte : à côté l'un de l'autre.
2. Troublé : ému.
3. Enlacement : action d'entourer avec ses bras.
4. Auberge : restaurant de campagne très simple.

Puis ils reviennent à l'auberge et rentrent à Yport.

Le soir, dans sa chambre, Jeanne se sent attendrie[1]. Est-ce bien LUI l'époux tant attendu ? Il lui semble qu'elle commence à l'aimer.

De jour en jour, son désir d'aimer l'occupe davantage.

Un soir, son père lui dit :

– Fais-toi belle, demain matin.

– Pourquoi ? demande-t-elle.

– C'est un secret, répond-il.

Lorsqu'elle descend au salon le lendemain matin, elle trouve la table couverte de boîtes de bonbons ; et sur la chaise, un énorme bouquet de fleurs.

À ce moment, le vicomte de Lamare paraît. Il sourit à Jeanne et lui dit :

– Vous êtes prête ?

– Que se passe-t-il ? Où allons-nous ? demande Jeanne.

– Tu le sauras tout à l'heure, répond le baron.

Mme Adélaïde descend de sa chambre et ils partent tous les quatre.

À Yport, le vicomte offre son bras à Jeanne et ils marchent devant le baron et la baronne. Ils arrivent devant l'église ; le curé les accompagne avec une grande croix d'argent et

---

1. Attendri : ému.

*Le curé dit quelques mots en latin
devant le vicomte de Lamare et Jeanne.*

un enfant de chœur[1] porte l'eau bénite[2].

Sur la plage, une foule attend autour d'une barque neuve couverte de rubans et de guir-

---

1. Enfant de chœur : enfant qui aide le curé pendant la messe.
2. Eau bénite : eau qui a reçu une bénédiction pour un usage sacré.

landes[1]. Le nom JEANNE apparaît en lettres d'or, à l'arrière.

Le curé dit quelques mots en latin devant le parrain et la marraine, c'est-à-dire le vicomte et Jeanne, puis il fait le tour de la barque en l'aspergeant[2] d'eau bénite.

Jeanne se met à trembler. Cela ressemble à une noce* et elle a l'impression que c'est elle qu'on marie.

Le vicomte lui prend la main et lui dit doucement :

– Oh ! Jeanne, si vous voulez, ce seront nos fiançailles*.

– Quel est votre petit nom ?

– Vous ne le savez pas ? Je m'appelle Julien.

« Comme je le répéterai souvent, ce nom-là ! » pense-t-elle.

Après le repas, Jeanne et Julien s'éloignent pour faire une petite promenade.

– Voulez-vous être ma femme ? lui demande Julien en lui prenant les mains.

Elle baisse la tête.

– Répondez, je vous en supplie !

Jeanne lève les yeux vers lui, tout doucement ; et Julien peut lire la réponse dans son regard.

---

1. Guirlande : décoration à partir de papier découpé ou d'éléments naturels.
2. Asperger : jeter quelques gouttes d'eau sur quelque chose.

CHAPITRE IV

*U*N MATIN, le baron entre dans la chambre de Jeanne et lui dit :

– Le vicomte de Lamare nous a demandé ta main*. Nous n'avons pas voulu donner de réponse sans t'en parler. Tu es beaucoup plus riche que lui mais ta mère et moi, nous ne sommes pas opposés à ce mariage. Il n'a plus aucun parent et, si tu l'épouses, c'est un fils qui entrera dans notre famille, tandis qu'avec un autre, c'est toi qui iras chez des étrangers. Ce garçon nous plaît. Est-ce qu'il te plaît... à toi ? Est-ce que tu veux devenir sa femme ?

– Je veux bien, papa, répond-elle en rougissant.

L'heureuse saison des fiançailles commence alors pour Jeanne et Julien. Ils parlent souvent seuls dans le salon ou bien dans le parc.

La cérémonie aura lieu dans six semaines, pour le 15 août, et les jeunes mariés partiront immédiatement pour leur voyage de noces, qu'ils feront en Corse.

Personne n'est invité au mariage, sauf tante Lison, la sœur de la baronne, qui vient de temps en temps passer un mois ou deux dans sa famille.

C'est une petite femme triste qui parle peu ; elle apparaît seulement aux heures des repas et remonte ensuite dans sa chambre où elle reste toujours enfermée.

Le jour du mariage, Jeanne se retrouve mariée sans presque s'en être aperçue. Mariée ! Ainsi elle est mariée !

Le dîner est simple et assez court, contrairement aux habitudes normandes. Puis Jeanne monte dans sa chambre.

Elle se laisse déshabiller par Rosalie puis elle se met au lit et attend. Soudain, elle voit Julien debout devant elle. Il est encore habillé et elle se sent honteuse d'être couchée ainsi devant un homme si élégant.

Ils ne savent pas que se dire, que faire et n'osent même pas se regarder. Alors, doucement, il lui prend la main qu'il baise et, s'agenouillant, il murmure :

– Voulez-vous m'aimer ?

– Je vous aime déjà, mon ami.

– Voulez-vous me prouver que vous m'aimez ? dit-il en approchant son visage.

Il monte dans le lit, la prend dans ses bras et l'embrasse brutalement dans le cou. Jeanne ne remue pas ; elle sent une main qui cherche sa poitrine et elle a envie de se sauver[1].

---

1. Se sauver : partir rapidement.

Jeanne et Julien.

Julien devient impatient. Soudain Jeanne se met à gémir de douleur pendant qu'il la possède violemment.

« Voilà donc ce qu'il appelle être sa femme ; c'est cela ! » pense-t-elle, déçue.

* * *

Après l'angoisse[1] du premier soir, Jeanne s'est habituée au contact de Julien, à ses baisers, à ses caresses, mais elle continue à avoir de la répugnance[2] pour les rapports physiques.

Quatre jours après le mariage, ils partent en voyage de noces en Corse. Les adieux sont courts et sans tristesse. La baronne donne une grosse bourse[3] à sa fille.

– C'est pour tes petites dépenses de jeune femme, lui dit-elle.

Vers le soir, Julien demande à Jeanne :

– Combien ta mère t'a-t-elle donné dans cette bourse ?

Elle verse la bourse sur ses genoux : il y a deux mille francs en pièces d'or.

– Donne-les-moi, je les garderai.

Quelques jours plus tard, ils arrivent en Corse

---

1. Angoisse : sensation d'inquiétude, de peur.
2. Répugnance : sensation que provoque une chose ou une personne qu'on ne peut pas supporter.
3. Bourse : petit sac contenant de l'argent.

où ils passent deux mois très agréables. Tout les émerveille : la beauté des paysages, la gentillesse des habitants...

À leur retour, ils s'arrêtent à Paris.

– Mon chéri, veux-tu me rendre l'argent de maman parce que je vais faire quelques achats[1].

– Combien veux-tu ?

– Mais, ce que tu voudras.

– Je vais te donner cent francs ; surtout ne les gaspille[2] pas.

Jeanne ne sait plus que dire. Elle prend les cent francs et n'achète presque rien.

Huit jours plus tard, ils arrivent aux Peuples.

* * *

Jeanne se demande ce qu'elle va faire maintenant qu'elle est rentrée aux Peuples. Elle cherche une occupation pour son esprit, et un travail pour ses mains. Elle s'aperçoit qu'elle n'a plus rien à faire, qu'elle n'aura plus jamais rien à faire. Elle a passé sa jeunesse au couvent, à penser à l'avenir. Puis, à peine sortie, elle a rencontré l'homme espéré et l'a épousé. Elle a fini d'attendre.

Le soir de leur retour, pour la première fois depuis son mariage, elle couche seule dans son

---

1. Achat : fait d'acheter.
2. Gaspiller : dépenser de l'argent sans faire attention.

lit. Julien, qui dit être fatigué, s'est installé dans une autre chambre.

Les jours passent, monotones. Ses relations avec Julien changent : depuis leur retour, il ne s'intéresse presque pas à elle.

Il s'occupe maintenant de la fortune et de la maison, diminue les dépenses. Ce n'est plus l'homme élégant qu'a connu Jeanne. Il porte à présent un vieil habit en velours, ne se rase plus et boit, après chaque repas, quatre ou cinq petits verres de cognac[1]. Il devient brutal, reproche au baron d'avoir gaspillé sa fortune... En quelques semaines, Julien est devenu un autre homme.

Le baron et petite mère quittent les Peuples le 9 janvier. Avant leur départ, Jeanne et son père vont à Yport et regardent partir les pêcheurs.

Jeanne se sent triste et déçue par sa vie.

– Ce n'est pas toujours gai, la vie, dit-elle d'une voix résignée[2].

– Que veux-tu, fillette, nous ne pouvons rien faire, la vie est comme ça.

Le lendemain, père et petite mère partent. Jeanne et Julien restent seuls.

---

1. Cognac : alcool.
2. Résigné : qui accepte sans protester.

*L*ES MOIS DE L'HIVER sont monotones et tristes. Julien passe son temps à chasser. Il fume beaucoup et boit de plus en plus de cognac. Chaque jour, après le déjeuner, il joue aux cartes avec sa femme. Ensuite, Jeanne monte dans sa chambre et s'assoit près de la fenêtre. De temps en temps, elle lève les yeux et regarde la mer. Elle n'a rien d'autre à faire. Julien s'occupe de la maison : il se montre avare[1] et diminue les frais de la nourriture au strict nécessaire[2]. Jeanne souffre de son avarice mais elle la supporte en silence.

Rosalie, autrefois si gaie, a changé elle aussi.

Souvent, Jeanne lui demande :

– Es-tu malade, ma fille ?

La petite bonne lui répond toujours : « Non, madame », et elle se sauve bien vite.

Un matin, Jeanne se chauffe les pieds au feu de sa chambre pendant que Rosalie fait lentement le lit. Soudain, Jeanne ne l'entend plus bouger. Elle

---

1. Avare : qui aime avoir de l'argent pour le garder, pas pour le dépenser.
2. Le strict nécessaire : ce qui est uniquement nécessaire.

se retourne et la trouve assise par terre, livide[1].

– Qu'est-ce que tu as, Rosalie ?

Rosalie ne dit rien. Elle regarde sa maîtresse avec un regard de folle et elle halète[2] comme si elle souffrait beaucoup.

Quelque chose remue entre ses cuisses, une plainte[3] douloureuse sort de sous sa robe et Jeanne comprend brusquement que Rosalie est en train d'accoucher*.

– Qu'est-ce que tu vas faire avec cette fille ? lui demande Julien dans la soirée. Elle ne veut pas dire le nom du père et nous ne pouvons pas garder un bâtard[4] dans la maison. Donnons-lui un peu d'argent et qu'elle parte avec son enfant !

– Je ne veux pas, répond Jeanne en colère. C'est ma sœur de lait et nous avons grandi ensemble. Elle a fait une faute, tant pis ; mais je ne la jetterai pas dehors pour cela. S'il le faut, j'élèverai cet enfant.

– Quelle belle réputation pour nous ! On dira partout que nous protégeons le vice[5] et nos amis ne voudront plus nous voir.

– Si tu ne veux pas la garder, ma mère la reprendra.

---

1. Livide : très pâle.
2. Haleter : respirer avec difficulté et d'une façon irrégulière.
3. Plainte : parole ou cri faible de douleur.
4. Bâtard : enfant dont le père n'est pas connu.
5. Vice : défaut qui n'est pas approuvé par la morale ou par la religion.

Tous les jours, Jeanne monte voir Rosalie et le bébé. Et tous les jours, dès qu'elle voit sa maîtresse, Rosalie se met à sangloter[1] et cache sa figure dans les draps.

Rosalie reprend son travail et la vie recommence comme avant.

Depuis plusieurs jours, Jeanne ne mange rien et sent du dégoût[2] pour toute nourriture.

Un soir, elle se couche de bonne heure. Elle se sent mal à l'aise, nerveuse. Elle tremble de froid et pense : « Je vais mourir. » Effrayée, elle monte dans la chambre de Rosalie et la trouve vide. Elle court alors dans la chambre de Julien et elle aperçoit, à côté de la tête de son mari, la tête de Rosalie.

Elle pousse un cri et s'enfuit de la maison. Elle court, sans penser à rien. Et soudain elle se trouve au bord de la falaise. « Ma vie est finie. Je préfère mourir! » pense-t-elle ; et elle s'évanouit.

Lorsqu'elle se réveille, elle ne s'étonne pas de trouver petite mère assise dans sa chambre.

– Va chercher papa, je veux vous parler.

Petite mère se lève difficilement, sort et revient bientôt avec le baron. Ils s'assoient devant le lit et Jeanne leur dit tout : le caractère bizarre de Julien, sa violence, son avarice et enfin son infidélité.

---

1. Sangloter : pleurer d'une façon brusque et en faisant du bruit.
2. Dégoût : ici, manque d'envie de manger.

Les falaises d'Étretat.

– Je me sentais malade l'autre nuit, alors je suis allée chercher Julien dans sa chambre. Rosalie était couchée avec lui. Je ne savais plus ce que je faisais et je me suis sauvée dans la neige pour me jeter du haut de la falaise.

Le docteur entre à ce moment.

– Calmez-vous, madame, car vous êtes enceinte*.

– Écoute-moi bien, papa. Tu vas aller chercher M. le curé. J'ai besoin de lui pour empêcher Rosalie de mentir.

Une heure plus tard, le prêtre entre. Le baron va chercher Rosalie.

– Je veux tout savoir, dit Jeanne à Rosalie. Et j'ai fait venir M. le curé car ce que tu vas dire sera comme une confession[1].

Rosalie tombe à genoux.

– C'est bien vrai que tu étais dans le lit de Julien quand je vous ai surpris ?

– Oui, madame, gémit Rosalie.

– Depuis quand cela durait-il ?

– Depuis qu'il est entré dans cette maison.

– Ton... ton enfant... il est de lui ?

– Oui, madame.

---

1. Confession : dans la religion catholique, le fait de reconnaître devant un prêtre les mauvaises actions qu'on a faites.

Jeanne sent ses yeux ruisseler. L'enfant de sa bonne a le même père que le sien !

– Va-t'en ! Va-t'en ! crie-t-elle.

Le baron tremble de colère.

– Cet homme est un misérable qui a trompé[1] ma fille ! Je vais le lui dire !

– Voyons, monsieur le baron, dit alors le prêtre, entre nous, Julien a fait comme tout le monde. Vous connaissez beaucoup de maris fidèles, vous ? Et vous, vous avez sûrement fait comme les autres... Et pourtant votre femme a été heureuse et aimée, n'est-ce pas ?

À ce moment-là, Julien entre dans la chambre.

– Que se passe-t-il ? demande-t-il.

Jeanne se soulève, regarde celui qui la fait si cruellement souffrir et balbutie :

– Nous savons tout. L'enfant de cette bonne est à vous comme... comme... le mien... Ils seront frères...

– Madame, il faut pardonner, lui dit le curé. Voilà un grand malheur qui vous arrive ; mais Dieu l'a compensé par un grand bonheur puisque vous allez être mère. Cet enfant sera votre consolation. Pardonnez l'erreur de M. Julien.

Le prêtre prend la main de Julien et, l'attirant près du lit, la pose dans la main de sa femme.

– Allons, croyez-moi, c'est mieux comme ça.

---

1. Tromper : ne pas être fidèle.

CHAPITRE VI

*L*A VIE continue comme avant...
    Julien parcourt le pays à cheval. Jeanne ne ressent aucun plaisir à se savoir mère et sa grossesse* est douloureuse[1]. Petit père l'accompagne souvent durant ses promenades et lui donne le bras.

Une grosse femme remplace Rosalie, qui a quitté la maison, et soutient la baronne dans ses promenades monotones.

Le baron, sa femme et le vicomte font une visite à leurs voisins, les Fourville, que Julien semble déjà bien connaître.

Un après-midi, vers quatre heures, deux cavaliers entrent dans la cour.

– Vite, vite, descends, Jeanne, dit Julien en entrant dans la chambre de sa femme. Ce sont les Fourville. Dis-leur que je suis sorti, mais que je vais rentrer bientôt. Je vais faire un peu de toilette.

Jeanne descend accueillir les visiteurs.

– Nous avons rencontré plusieurs fois M. de

---

1. Douloureux : plein de douleur.

Lamare, dit la comtesse de Fourville, et il nous a appris que vous êtes fatiguée...

Tout à coup, Julien entre et Jeanne est stupéfaite : il s'est rasé, il est élégant, beau comme au temps de leurs fiançailles. Il est aimable et parle beaucoup, comme autrefois.

Au moment où les Fourville repartent, la jeune femme se tourne vers lui :

– Voulez-vous, mon cher vicomte, faire jeudi une promenade à cheval ?

Puis, pendant qu'il s'incline en murmurant : « Mais bien sûr, madame », elle prend la main de Jeanne et, avec un sourire affectueux, lui dit :

– Oh ! quand vous serez guérie, nous ferons des promenades à cheval tous les trois.

Jeanne aime aussitôt cette jeune femme. « Voici une amie », pense-t-elle.

– La petite comtesse est ravissante[1] et je sens que je vais l'aimer, dit Jeanne à son mari, après leur départ. Mais son mari a l'air d'une brute[2]. Où les as-tu connus ?

– Je les ai rencontrés par hasard chez nos voisins les Briseville.

* * *

---

1. Ravissant : charmant.
2. Brute : personne violente.

Un mardi soir, à la fin du mois de juillet, Jeanne pousse soudain un cri de douleur et porte les deux mains à son ventre. Le médecin, arrivé vers minuit, lui dit qu'elle va avoir son enfant plus tôt que prévu. Après une longue nuit de souffrance, un petit cri d'enfant nouveau-né lui apporte enfin la paix et elle se sent soudain mère et heureuse. Elle veut connaître son enfant. Elle le regarde ouvrir la bouche, le touche et se sent inondée d'une joie irrésistible[1] : elle comprend qu'elle est sauvée car elle a maintenant un petit être à aimer.

À partir de ce jour, elle n'a plus qu'une pensée : son enfant. Elle devient une mère passionnée et possessive[2]. Elle ne parle plus que de son enfant, passe ses nuits assise auprès du berceau[3], à regarder dormir son enfant, et devient même jalouse de la nourrice*.

Julien est jaloux lui aussi de ce nouveau venu qui lui vole sa place dans la maison.

Le baptême* a lieu à la fin du mois d'août et l'enfant reçoit le nom de Paul.

En septembre, le curé vient pour préparer le mariage de Rosalie : le baron et petite mère ont décidé de donner à Rosalie une petite ferme[4] et de la marier à un paysan.

---

1. Irrésistible : ici, très forte.
2. Possessif : qui a des sentiments de possession envers son enfant.
3. Berceau : petit lit d'un bébé.
4. Ferme : habitation du paysan.

* * *

Un après-midi de décembre, Julien et Jeanne
vont voir les Fourville. La porte d'entrée est
ouverte et la comtesse les attend. Elle prend les
deux mains de Jeanne, la fait asseoir, s'installe
près d'elle, tandis que Julien parle et sourit avec
douceur.

La comtesse et Julien parlent de leurs promenades à cheval. Le comte, qui vient de rentrer de
la chasse, insiste pour que ses invités restent
pour dîner. L'après-midi est charmant : on fait
une promenade en barque et Jeanne laisse parfois tremper sa main dans l'eau froide. À l'arrière
du bateau, Julien et la comtesse sourient, comme
des gens heureux.

En rentrant de la promenade, le comte, qui est
tout heureux, prend sa femme dans ses bras et
l'embrasse. Jeanne regarde ce géant en souriant
et le trouve sympathique. Elle se tourne vers
Julien et s'aperçoit qu'il pâlit en voyant la scène.

– Est-ce que tu es malade ? Qu'est-ce que tu
as ? lui demande-t-elle, inquiète.

– Rien, laisse-moi tranquille. J'ai froid, c'est
tout, répond-il d'un ton courroucé[1].

* * *

---

1. Courroucé : en colère.

La vie enfermée recommence. Le maire, le docteur et le curé viennent dîner de temps en temps ; les Fourville viennent de plus en plus souvent.

Le comte adore Paul. Il joue beaucoup avec lui et le tient sur ses genoux pendant des après-midi entiers.

Au printemps, la comtesse propose de faire des promenades à cheval, tous les quatre ensemble. Jeanne est tout heureuse de ce projet.

Ils vont toujours deux par deux : la comtesse et Julien devant, parlant souvent à voix basse, riant parfois aux éclats ; le comte et Jeanne derrière, causant[1] tranquillement comme deux amis.

La comtesse vient de plus en plus souvent aux Peuples. Elle est toujours gaie et embrasse Jeanne avec beaucoup de tendresse. Jeanne l'appelle maintenant par son prénom : Gilberte.

Un matin, Jeanne part se promener à cheval dans le petit bois près d'Étretat. Julien est parti de bon matin, elle ne sait où. Soudain, en traversant une longue allée, elle aperçoit deux chevaux attachés à un arbre et elle les reconnaît aussitôt : ce sont ceux de Gilberte et de Julien. Et elle comprend que Julien la trompe avec Gilberte. Comment n'a-t-elle rien vu, rien deviné jusqu'à présent ? Comment n'a-t-elle pas compris les absences de Julien, sa gaieté et son élégance

---

1. Causer : parler avec quelqu'un.

retrouvées ? La trahison de la comtesse, qu'elle considérait comme son amie, la révolte. « Tout le monde est donc menteur et faux ? » pense-t-elle tristement.

Elle décide de n'aimer plus que Paul et ses parents. Ceux-ci arrivent à la fin du mois de mai. La baronne, en quelques mois, a vieilli de dix ans. Ses joues, énormes, sont gonflées de sang ; sa respiration est devenue sifflante et elle ne peut plus marcher.

Un après-midi où Jeanne se promène avec Paul dans les champs, Marius, le domestique, vient la chercher et lui dit que Mme Adélaïde va bien mal. Jeanne rentre rapidement aux Peuples et trouve sa mère étendue par terre, la figure noire, les yeux fermés. La nourrice prend Paul dans les bras et l'emporte.

– Qu'est-il arrivé ? demande Jeanne.

Puis, voyant le curé, elle se met à crier : « Est-ce que c'est grave ?»

– J'ai bien peur que... C'est fini. Ayez du courage, lui répond le curé.

Julien entre.

– Je savais qu'elle ne vivrait pas longtemps, murmure-t-il.

Jeanne sanglote, pleine d'angoisse et de douleur. Elle semble devenir folle. Elle serre dans ses bras le cadavre* de sa mère, et il faut l'emporter.

L'enterrement* a lieu le lendemain.

*L*ES JOURS SUIVANTS sont bien tristes. Petit père repart chez lui. Paul tombe malade et Jeanne reste douze jours sans dormir, presque sans manger. Il guérit mais elle est épouvantée[1] à l'idée qu'il peut mourir et qu'elle peut perdre ainsi son unique raison de vivre. Et tout doucement naît en elle le besoin d'avoir un autre enfant. Mais depuis l'histoire de Rosalie, elle vit séparée de Julien. Et maintenant qu'elle sait que Julien la trompe avec Gilberte, elle ne veut même pas penser à un rapprochement entre eux.

Petite mère est morte, le baron est reparti chez lui et Jeanne ne sait plus à qui se confier[2]. Elle décide d'aller trouver le curé.

– Mon père, je voudrais un autre enfant... Je suis seule dans la vie, maintenant ; ma mère est morte ; mon père est parti... et l'autre jour, mon fils a failli[3] mourir...

---

1. Épouvanté : rempli d'une peur très forte.
2. Se confier : faire des confidences, c'est-à-dire raconter des choses très personnelles sur soi-même.
3. Faillir : être sur le point de faire quelque chose.

Elle se tait. Le curé ne répond rien car il ne comprend pas bien.

– Je veux un autre enfant. Mais, depuis... depuis ce que vous savez... avec cette bonne... mon mari et moi nous vivons... séparés.

Le curé devine ce que veut la jeune femme.

– Je comprends. Vous êtes jeune. C'est naturel. Vous pouvez compter sur moi. Je parlerai avec M. Julien.

– Je vous remercie, monsieur le curé.

Quelques jours plus tard, Julien et Jeanne reprennent leur vie en commun et, bientôt, Jeanne est à nouveau enceinte.

Vers la fin du mois de septembre, le curé vient au château pour présenter l'abbé Tolbiac, le curé qui va le remplacer. C'est un jeune curé, petit et maigre. Jeanne se sent triste de voir partir l'abbé Picot. Elle l'aime bien parce qu'il lui rappelle beaucoup de souvenirs : il l'a mariée, a baptisé Paul et enterré la baronne... Et puis elle l'aime bien parce qu'il est gai et naturel.

Huit jours plus tard, le nouveau curé vient la voir et il lui demande de donner l'exemple et d'aller à la messe tous les dimanches.

Jeanne prend l'habitude d'aller régulièrement à l'église et le nouveau curé celle de dîner au château tous les jeudis.

Julien va maintenant presque chaque jour chez les Fourville, et il monte à cheval avec la comtesse, même les jours de pluie ou de mauvais temps.

Un après-midi de mai, Jeanne lit près du feu quand elle voit arriver le comte de Fourville à pied et presque courant. Elle croit qu'un malheur est arrivé et elle descend rapidement pour le recevoir.

– Ma femme est ici, n'est-ce pas ? demande-t-il d'un air hagard[1].

– Mais non, je ne l'ai pas vue aujourd'hui, répond Jeanne.

Le comte semble fou de douleur.

– Je sais tout... C'est votre mari... vous aussi...

Et il s'enfuit du côté de la mer.

« Que va-t-il faire ? se demande Jeanne. Oh ! J'espère qu'il ne les trouvera pas ! »

Le comte s'est mis à courir. De gros nuages noirs arrivent à toute vitesse. Le vent siffle. Il aperçoit une cabane[2] de berger, une sorte de maison roulante[3], et deux chevaux attachés, ceux de Julien et de sa femme.

Il devient fou furieux et se met à secouer[4] la cabane comme pour la briser. Puis, soudain, il la fait rouler vers la falaise.

À l'intérieur, Julien et Gilberte crient et donnent des coups de poing contre les murs.

---

1. Hagard : qui exprime la peur et la surprise.
2. Cabane : maisonnette en bois.
3. Roulant : qui est sur des roues, qui peut rouler.
4. Secouer : faire bouger avec force.

Puis tout à coup la cabane perd une roue, se couche sur un côté et se met à rouler comme une boule. Arrivée au bord de la falaise, elle tombe et se brise contre le sol.

Un vieux mendiant qui l'a vue passer va jusqu'à la ferme voisine pour annoncer l'accident. On accourt et on trouve les deux corps mutilés[1]. On les reconnaît.

Les deux corps sont ramenés chez eux.

En voyant arriver le corps de son mari, Jeanne comprend tout et s'évanouit[2]. Le soir même, elle accouche d'un enfant mort.

---

1. Mutilé : auquel il manque une ou plusieurs parties ; blessé.
2. S'évanouir : perdre connaissance.

*J*EANNE reste trois mois dans sa chambre, entre la vie et la mort. Elle a une maladie nerveuse et petit père et tante Lison, qui sont restés après l'enterrement de Julien, la soignent.

Elle n'a jamais demandé de détails sur la mort de Julien. Tout le monde croit qu'il s'agit d'un accident, mais Jeanne connaît la vérité.

Jeanne s'occupe maintenant uniquement de son fils.

Elle l'appelle Paulet[1] mais comme il ne sait pas prononcer ce mot et dit « Poulet[2] », ce surnom[3] lui reste.

Une série d'années monotones et douces commence.

* * *

---

1. Paulet : petit Paul.
2. Poulet : petit de la poule.
3. Surnom : nom familier qu'on donne à une personne, mais qui n'est pas son prénom.

Après la mort de Julien,
Jeanne s'occupe uniquement de son fils Paul.

L'enfant a maintenant dix ans ; sa mère semble en avoir quarante. Il est fort, turbulent[1], mais il ne sait pas grand-chose. Les leçons l'ennuient. De plus, chaque fois que le baron veut lui apprendre quelque chose, Jeanne arrive en disant :

– Laisse-le jouer maintenant. Il ne faut pas le fatiguer, il est si jeune.

Pour elle, c'est toujours un bébé.

Poulet continue à grandir, mais à quinze ans il est toujours aussi ignorant. Jeanne affirme toujours qu'il ne faut pas le fatiguer. Pendant les leçons que lui donne petit père, elle entre sans cesse dans la chambre pour demander : « Tu n'as pas froid aux pieds, Poulet ? » ou bien « Tu n'as pas mal à la tête, Poulet ? » ou encore pour arrêter le maître : « Ne le fais pas parler autant, tu vas lui fatiguer la gorge. »

Un soir, le baron parle d'envoyer Paul au collège et Jeanne se met aussitôt à pleurer.

– Jeanne, tu n'as pas le droit de disposer de la vie de ton fils. Que répondras-tu s'il vient te dire, lorsqu'il aura vingt-cinq ans : « Je ne sais rien et je ne peux rien faire par ta faute, par la faute de ton égoïsme maternel. »

Le baron insiste et arrive à convaincre Jeanne.

Un matin d'octobre, après une nuit sans som-

---

1. Turbulent : qui remue beaucoup.

meil, Jeanne, tante Lison et petit père accompagnent Poulet au collège du Havre.

Le lendemain, Jeanne passe la journée à pleurer et le jour suivant elle retourne au Havre pour voir son fils. Elle y retourne tous les deux jours et attend les vacances avec plus d'anxiété[1] que son enfant. La séparation est plus douloureuse pour elle que pour Poulet, qui est tout content d'avoir, pour la première fois de sa vie, des camarades.

Il devient rapidement un homme et, tout aussi rapidement, elle devient une vieille femme. C'est lui maintenant qui vient aux Peuples chaque dimanche.

Mais il continue à être un enfant pour sa mère. Elle continue à lui demander : « Tu n'as pas froid aux pieds, Poulet ? »

Un samedi matin, Jeanne reçoit une lettre de Paul lui annonçant qu'il ne viendra pas le lendemain parce qu'il va passer la journée avec des amis.

Pour la première fois, elle s'aperçoit qu'il est grand, qu'il n'est plus à elle.

---

1. Anxiété : angoisse.

CHAPITRE IX

*L*ES MOIS SUIVANTS, Paul ne vient la voir que quelques fois.

— Laisse-le faire, Jeanne. Il a vingt ans, lui dit son père pour la consoler.

Un matin, un vieil homme se présente au château : il vient demander le paiement d'une dette[1] de quinze cents francs. Le baron paye puis il part aussitôt avec Jeanne pour Le Havre. En arrivant au collège, ils apprennent que Paul est absent depuis un mois et que le directeur a reçu quatre lettres signées de Jeanne pour annoncer une maladie de son fils. Chaque lettre est accompagnée d'un mot d'un médecin. Tout est faux, bien entendu.

Le directeur les accompagne à la police. Le lendemain, on retrouve le jeune homme chez une fille de la ville, qui est sa maîtresse[2]. Son grand-père et sa mère l'emmènent aux Peuples. En huit jours, ils découvrent que le jeune homme a quinze mille francs de dettes. Le baron paye, sans

---

1. Dette : argent qu'une personne doit à une autre.
2. Maîtresse : femme qui a des relations avec un homme sans être mariée avec lui.

demander d'explications. On veut gagner sa confiance par la douceur. On lui fait manger de bons petits plats, on le gâte[1].

Paul ne fait rien ; il est souvent de mauvaise humeur et se montre même violent. Le baron est inquiet parce qu'il n'a pas terminé ses études.

Un soir, Paul ne rentre pas. La police ne le retrouve pas. Dans sa chambre, aux Peuples, on trouve deux lettres de cette fille chez qui il était au Havre. Elle semble folle d'amour pour lui et parle d'un voyage en Angleterre.

Les trois habitants du château vivent en silence. Les cheveux de Jeanne sont devenus blancs.

Elle reçoit enfin une lettre :

« Ma chère maman, ne te fais pas de souci. Je suis à Londres, en bonne santé, mais j'ai besoin d'argent. Nous ne mangeons pas tous les jours... Envoie-moi quinze mille francs.

Adieu ma chère maman, je t'embrasse de tout mon cœur, ainsi que grand-père et tante Lison.

Ton fils,

Vicomte Paul de Lamare. »

Il lui a écrit ! Il ne l'oublie pas. Elle est tellement heureuse de cette lettre qu'elle ne pense même

---

1. Gâter : donner beaucoup de cadeaux.

pas qu'il lui écrit pour lui demander de l'argent.

Elle porte la lettre à son père et la relit plusieurs fois avec lui.

– Il nous a quittés pour cette fille, dit le baron. Il l'aime donc mieux que nous, puisqu'il n'a pas hésité.

Une douleur épouvantable traverse le cœur de Jeanne ; et tout de suite, elle sent monter en elle de la haine contre cette fille qui lui vole son fils, une haine de mère jalouse.

Ils envoient l'argent et ne reçoivent plus de nouvelles pendant cinq mois.

Paul, devenu majeur[1], touche l'héritage de son père et revient à Paris. Il écrit quatre lettres en six mois. Il dit qu'il travaille mais ne parle pas de sa maîtresse.

Puis un jour, une lettre désespérée arrive :

« Ma pauvre maman, je n'ai plus qu'à me tuer si tu ne m'aides pas. Je dois quatre-vingt-cinq mille francs. Je t'embrasse, ma chère maman ; adieu, peut-être pour toujours.

Paul. »

Le baron vend des terres pour pouvoir envoyer l'argent à Paul.

---

1. Majeur : âge auquel, selon la loi, une personne devient responsable de ses actes. En France, actuellement, une personne est majeure à dix-huit ans.

Le jeune homme répond trois lettres de remerciement et leur annonce qu'il viendra les voir. Mais il ne vient pas. Une année entière passe. Une autre lettre arrive qui leur apprend qu'il est en train de monter une affaire. « Je vais être riche », leur écrit-il. Mais trois mois plus tard, il fait faillite[1].

Le baron s'informe, voit des avocats, apprend que la société a perdu deux cent trente-cinq mille francs et vend ses dernières terres ainsi que deux fermes.

Puis il meurt, d'une crise d'apoplexie[2].

À la fin de l'hiver, tante Lison meurt à son tour. Jeanne se retrouve seule. Elle a envie de mourir elle aussi pour ne plus souffrir.

Le jour de l'enterrement de tante Lison, elle a un malaise[3] et une paysanne

---

1. Faire faillite : perdre tout l'argent qu'on a mis dans une affaire.
2. Apoplexie : arrêt brusque du fonctionnement du cerveau.
3. Avoir un malaise : perdre connaissance, s'évanouir.

Rosalie ramène Jeanne au château.

la prend dans ses bras et la ramène au château.

— Qui êtes-vous ? lui demande Jeanne
lorsqu'elle reprend connaissance.

– Ma pauvre maîtresse, mademoiselle Jeanne, vous ne me reconnaissez pas ?

– Rosalie ! dit Jeanne. Pourquoi es-tu revenue ?

– Je ne pouvais pas vous laisser toute seule, maintenant !

Jeanne tend la main à sa vieille bonne.

– Est-ce que tu as été heureuse ?

– Mais... oui... oui... madame. J'ai été plus heureuse que vous... Je regrette seulement de n'être pas restée ici.

– Que veux-tu, on ne fait pas toujours ce qu'on veut, lui répond Jeanne avec douceur. Tu es veuve* aussi, n'est-ce pas ?

Puis d'une voix tremblante :

– Tu as... d'autres enfants ?

– Non, madame. Je n'ai que mon fils. C'est un bon garçon qui travaille beaucoup. Il est marié et il va s'occuper de ma ferme maintenant que je vis avec vous.

– Voyons, raconte-moi toute ta vie, cela me fera du bien aujourd'hui.

Et Rosalie se met à parler d'elle, de son mari qui est mort, de sa maison...

– J'ai de l'argent, vous savez ; aussi je ne veux pas de gages[1]. Et puis, vous n'avez plus beaucoup d'argent pour vivre...

---

1. Gages : salaire d'un domestique.

*R*OSALIE s'occupe maintenant de tout au château. Jeanne lui obéit. Comme sa mère autrefois, elle sort se promener avec sa servante qui la traite comme une enfant malade.

Un soir, elle met sa maîtresse au lit et lui dit :

– Il ne vous reste plus que sept mille francs.

– C'est bien assez pour moi. Je crois que je vais bientôt mourir.

– Et M. Paul ? Vous ne voulez rien lui laisser ?

– Ne me parle pas de lui. Je souffre trop quand j'y pense.

– Je veux vous en parler, au contraire. Il fait des bêtises[1] ; mais il n'en fera pas toujours. Un jour il se mariera, il aura des enfants... Il faut de l'argent pour les élever. Écoutez-moi bien : vous allez vendre les Peuples, il le faut ! Et quant à M. Paul, il n'aura plus un sou. D'ailleurs, c'est moi qui garderai l'argent.

Jeanne, qui pleure en silence, murmure :

– Mais s'il n'a pas de quoi manger ?

– S'il a faim, il viendra manger chez nous.

---

1. Bêtise : action qui manque d'intelligence.

Une heure plus tard, Jeanne reçoit une lettre de Paul qui lui demande encore dix mille francs. Mais Rosalie oblige Jeanne à lui répondre qu'elle n'a plus d'argent et qu'elle doit même vendre les Peuples.

Quelques jours plus tard, Jeanne abandonne le château qu'elle vient de vendre.

* * *

Jeanne habite maintenant avec Rosalie à Batteville, dans une petite maison de brique construite au milieu d'un verger[1].

Les mois passent. Jeanne se sent seule. Elle pense toujours à Paul et continue à être jalouse de cette femme qui vit avec lui.

Un jour d'automne, elle décide de lui écrire :

« Mon cher enfant, je te supplie de revenir. Je suis vieille et malade, toute seule, toute l'année, avec une bonne. J'habite maintenant dans une petite maison. C'est bien triste. Je n'ai que toi et je ne t'ai pas vu depuis sept ans !

Reviens, mon petit Poulet, reviens m'embrasser.

Jeanne. »

---

1. Verger : jardin plein d'arbres fruitiers (qui donnent des fruits).

Il répond quelques jours plus tard :

« Ma chère maman, moi aussi je désire te voir mais je n'ai pas un sou. Si tu m'envoies un peu d'argent, j'irai te voir.

Et puis je veux te demander l'autorisation d'épouser la femme qui vit avec moi et qui a toujours été affectueuse avec moi, même pendant les mauvais jours. Tu l'aimeras, j'en suis sûr. Moi, je ne peux pas vivre sans elle. Nous pouvons vivre tous ensemble dans ta maison.

J'attends ta réponse, ma chère maman, et nous t'embrassons.

        Vicomte Paul de Lamare. »

Jeanne est atterrée[1] en recevant cette lettre.

– Il veut l'épouser, dit-elle à Rosalie.

– Oh ! madame, vous n'allez pas permettre cela !

– Jamais ! Puisqu'il ne veut pas venir, je vais aller le chercher, moi !

Et elle écrit tout de suite à Paul pour lui annoncer son arrivée.

Mais Paul ne répond pas. Alors, Jeanne décide de partir à Paris. Mais quand elle arrive chez lui, elle apprend qu'il a déménagé sans laisser d'adresse. Jeanne paye toutes ses dettes et rentre chez elle, à Batteville.

---

1. Atterré : qui ne peut croire ce qui arrive.

* * *

Jeanne ne sort plus, elle ne bouge plus. Elle se lève chaque matin à la même heure, regarde le temps qu'il fait par sa fenêtre, puis descend s'asseoir dans le salon.

Elle reste là des jours entiers, immobile, les yeux fixés sur le feu de la cheminée.

Elle rêve aux premiers temps de sa vie, aux années de l'enfance de Paul et ses lèvres disent tout bas : « Poulet, mon petit Poulet. »

Rosalie souvent la force à marcher, l'emmène sur la route. Mais Jeanne, au bout de vingt minutes, lui dit : « Je suis fatiguée, Rosalie. »

Bientôt elle ne peut plus marcher et elle reste au lit le plus tard possible.

Elle se plaint à tout moment :

– Je n'ai pas eu de chance dans la vie.

Alors Rosalie lui répond :

– De quoi vous plaignez-vous ? Vous n'êtes pas obligée de vous lever tous les jours à six heures du matin pour aller travailler. Certaines femmes doivent le faire pour pouvoir manger.

– Je suis toute seule, Rosalie. Mon fils m'a abandonnée.

Un jour enfin, elle reçoit une lettre de Paul :

« *Ma chère maman, ma femme est mou-rante*. Elle a eu une petite fille il y a trois jours et, comme je n'ai pas d'argent, je ne sais pas quoi faire de l'enfant. Est-ce que tu peux t'occuper d'elle ? Réponds-moi tout de suite.*

Ton fils qui t'aime,

Paul .»

Jeanne lit plusieurs fois la lettre avec Rosalie.

– Mettez votre chapeau, madame ; nous allons voir le notaire[1]. Si l'autre va mourir, il faut que M. Paul l'épouse, pour la petite, plus tard. Et après, j'irai à Paris chercher l'enfant.

Trois jours plus tard, Jeanne va à la gare chercher sa bonne et sa petite-fille.

– Bonjour, madame ; me voilà revenue, dit Rosalie à Jeanne.

– Eh bien ? demande Jeanne.

– Eh bien, ils sont mariés. Elle est morte cette nuit, et voilà la petite.

Jeanne reçoit l'enfant dans ses bras.

– M. Paul viendra après l'enterrement, ajoute Rosalie.

Jeanne s'assoit. Et soudain elle sent la chaleur de ce petit enfant qui dort sur ses genoux.

---

1. Notaire : personne qui rédige des textes en leur donnant un caractère authentique devant la loi.

Alors, une émotion intense l'envahit et elle regarde enfin la fille de son fils. Elle se met à l'embrasser, la soulève dans ses bras...

– Voyons, madame Jeanne, arrêtez, vous allez la faire pleurer !

Puis elle ajoute :

– La vie, vous voyez, ce n'est jamais si bon ni si mauvais qu'on croit.

TROIS GRANDS MOMENTS DE LA VIE

Autour de la naissance

Accoucher : donner naissance à un bébé.

Baptême : cérémonie religieuse qui rend chrétien un enfant ou un adulte.

Enceinte : qui attend un enfant.

Grossesse : état d'une femme qui est enceinte.

Nourrice : femme qui allaite le bébé d'une autre femme.

Sœur de lait : deux sœurs de lait ont bu, à la naissance, le lait d'une même femme. Au XIXᵉ siècle, les femmes de la noblesse ou de la bourgeoisie n'allaitaient pas leurs enfants. Elles les donnaient à une paysanne qui venait d'avoir elle aussi un enfant et la paysanne nourrissait de son lait son propre enfant et celui qu'on lui avait confié. Jeanne et Rosalie sont sœurs de lait parce qu'elles ont bu le lait d'une même femme : la mère de Rosalie.

Autour du mariage

Demander la main : demander la permission d'épouser une personne.

Fiançailles : promesse de mariage entre les futurs mariés. Au XIXe siècle, un jeune homme devait demander aux parents de la jeune fille qu'il aimait la permission de l'épouser.

Fiancé(e) : le (la) futur(e) marié(e).

Noce : mariage.

Autour de la mort

Cadavre : corps mort.

Enterrement : le fait de mettre en terre un corps mort.

Mourant : sur le point de mourir.

Veuf/veuve : personne dont la femme ou le mari est mort.

Chapitre I

1. Où a vécu Jeanne jusqu'à ce jour ?
2. Où veut-elle aller maintenant ? Pourquoi ?
3. Qui est Rosalie ?
4. Est-ce que Jeanne est heureuse de se retrouver dans son manoir ?
5. À quoi rêve Jeanne lorsqu'elle se retrouve seule dans sa chambre ? Comment imagine-t-elle sa vie future avec l'homme qu'elle aimera ?

Chapitre II

1. Que fait Jeanne au château pendant la journée ?
2. Est-ce que le baron aime la compagnie des paysans et des marins ?
3. Qu'aime faire petite mère les jours de pluie ?
4. De quoi parle petite mère avec Jeanne lorsqu'elle se promène avec elle ?
5. Que leur annonce le curé ?

Chapitre III

1. Où Jeanne fait-elle la connaissance du vicomte de Lamare ?

2. Est-ce que Jeanne revoit souvent le vicomte ?

3. Est-ce que Jeanne et le vicomte parlent beaucoup ensemble ?

4. Pourquoi est-ce que la promenade en bateau à Étretat est importante pour Jeanne et le vicomte ?

5. À quelle occasion le vicomte demande-t-il à Jeanne de l'épouser ?

Chapitre IV

1. Quelle nouvelle le baron annonce-t-il à sa fille ? Pourquoi est-ce que le baron et sa femme n'ont pas tout de suite donné de réponse au vicomte ?

2. Quel jour se marient Jeanne et Julien ?

3. Pourquoi est-ce que Jeanne est déçue par sa nuit de noces ?

4. Où partent Julien et Jeanne en voyage de noces ?

5. Est-ce que Julien change après son mariage ?

Chapitre V

1. Qu'arrive-t-il à Rosalie ?

2. Pourquoi est-ce que Julien veut mettre Rosalie à la porte ? Pourquoi est-ce que Jeanne ne veut pas ?

3. Que fait Rosalie chaque fois qu'elle voit sa maîtresse ? Comment est-ce que Jeanne apprend que son mari couche avec Rosalie ?

4. Qu'annonce le médecin à Jeanne ?

5. Qui est le père de l'enfant de Rosalie ?

Chapitre VI

1. Est-ce que Jeanne est heureuse à l'idée d'être mère ?

2. Que propose la comtesse de Fourville à Julien ? Que pense Jeanne de la comtesse ?

3. Quelle sorte de mère devient Jeanne ?

4. Comment réagit Julien lorsque le comte embrasse la comtesse ?

5. Comment Jeanne devine-t-elle que Julien la trompe avec la comtesse ?

Chapitre VII

1. Pourquoi Jeanne veut-elle avoir un autre enfant ? Pourquoi va-t-elle voir le curé ?

2. Est-ce que Julien voit souvent la comtesse ?

3. Que vient faire le comte au château un après-midi de mai ? Dans quel état est-il ? Où va-t-il et que découvre-t-il ?

4. Qu'arrive-t-il à Julien et à la comtesse ?

5. Est-ce que Jeanne a un autre enfant ?

Chapitre VIII

1. Pourquoi est-ce que Jeanne appelle son fils Poulet ?

2. Est-ce que Poulet est un enfant qui étudie beaucoup ? Pourquoi ?

3. Pourquoi est-ce que Jeanne ne veut pas envoyer son enfant au collège ? Pourquoi est-ce que le baron insiste ?

4. Est-ce que la séparation est douloureuse pour Jeanne ?

5. Est-ce que Poulet va voir sa mère régulièrement ?

Chapitre IX

1. Que vient faire le vieil homme au château ?

2. Que découvrent Jeanne et son père lorsqu'ils parlent avec le directeur du collège ?

3. Où est-ce que la police trouve Paul ? Avec qui vit-il ?

4. Est-ce que le baron paye les dettes de Paul ? Pourquoi ?

5. Qu'arrive-t-il à Jeanne le jour de l'enterrement de tante Lison ? Qui est la paysanne qui s'occupe d'elle ?

Chapitre X

1. Est-ce que Jeanne a beaucoup d'argent pour vivre ? Que lui propose Rosalie pour avoir plus d'argent ?

2. Comment est la nouvelle maison de Jeanne ?

3. Que demande Jeanne à son fils dans sa lettre ? Que lui répond Paul ?

4. Est-ce que Jeanne voit son fils à Paris ? Que fait-elle ?

5. Que ressent Jeanne lorsqu'elle a l'enfant de Paul sur ses genoux ?

Édition : Martine Ollivier

Couverture : Michèle Rougé
Illustration de couverture : CHAS LABORDE (DR), Librairie
de France, 1935 / Archives Nathan
Coordination artistique : Catherine Tasseau

Illustrations de l'intérieur : portrait de G. de Maupassant
par Nadar (p. 3) / Archives Nathan.
p. 6, 17, 21, 42, 49 : ill. A. Leroux /Photos PITROU
p. 28 : Archives Nathan.

Recherche iconographique : Gaëlle Mary

Réalisation PAO : Marie Linard

N° de projet : 1010959 - (IV) - 12,5 - OSBN 90°
Janvier 2003
Imprimé en France par l'Imprimerie France Quercy - 46001 Cahors
N° d'impression : 23163 FF